SV

Karin Kiwus
Das Chinesische Examen
Gedichte

Suhrkamp Verlag

Erste Auflage

Druck: Nomos Verlagsgesellschaft, Baden-Baden
Printed in Germany

Das Chinesische Examen

I

Anfang, Abbild, Retrospektive

Eine weit gedehnte Mondsichel-
bucht im September, ein Sandstrand,
hell, stumpf, menschenleer. Holzplankenwege,
die sich kreuzen. Ein Kiefernwäldchen,
eine Straße dahinter und ein Dorf – später
wird es einen Namen haben: Juliusruh.
Es ist kühl, ein lautlos gespannter
Herbst, das Meer in der Ferne ist
grau, leicht gekräuselt und grau – später
wird es eine Farbe haben: aquamarin, ja,
es ist das Baltische Meer, und es ist aquamarin.

Aus dem Wald, über den sandigen hölzernen Weg
kommen langsam drei Personen heran:
ein Vater, der immer Abbild bleiben wird,
eine Mutter, lebendig erkennbar später,
und ein Kind, dem man erzählen wird, es habe
hier laufen gelernt, an der Hand beider.

Zwei Bilder nähern sich einander, eines
von außen, das andere von innen:
die Photographie in meiner Hand und das
Erinnerungsbild in meinem Körper. Wie
werden sie aufeinandertreffen?
Synchron, tiefenscharf? Lebensnah?

Weiter bewegt arbeitet die Kamera,
nimmt auf, verwandelt, gibt ab.
Welche Art Kamera und von welcher
Hand unverrückbar wieder diese
Einstellungen: Entfernung: 3-6 m / 370 km,

Verschlußzeit: 1/100 sec / 40 Jahre, Blende: 8 /
übermächtiger Lichteinfall. Verengte Pupillen. Schwärze.

Und so ist es gekommen, daß Rügen bis auf
den heutigen Tag so bunt und zerrissen aussieht:
Unser Herrgott, als er die Welt erschuf und beinahe
fertig war, stand eines Abends bei Sonnenuntergang
auf Bornholm und schaute zur pommerschen Küste hinüber.
Da sie ihm aber öd und kahl erschien und noch
ein paar Erdbrocken übrig waren, schleuderte er sie
übers Meer auf das Festland zu. Und siehe,
eine halbe Meile davor zersprengten sie im Wasser.

Ach, Effi, hätte glücklich werden können
mit den beiden dort oben, ach, Caspar David,
Umhang und Samtbarett für diesen Mann und ihn
festhalten vor Kiefern, Kreidefelsen und Meer.
Festhalten über das Ende des Krieges hinaus.
Die Kunst, hat man früher bedeutet, mache den
Abgebildeten unsterblich. In diesem Jahrhundert, Mitte
dieses Jahrhunderts haben sie ihre Revolver entsichert.

Prenzlau, Anklam, Greifswald, Stralsund, Garz,
Putbus, Binz, Bergen, Saßnitz, angeworben
von den Lokatoren der Erinnerung habe ich,
ja, Aufenthalt genommen, dem überlieferten
Versprechen folgend, daß jeder frei sein wird,
der sich ansiedelt jenseits der Elbe.
Flügelstill wie die Möwen über der Transitstrecke,
eine offene Landschaft unter mir, ohne Personen.
Alleen, schattige Alleen, Ahorn, Buchen und Eichen,
Kiefern- und Efeuwälder, Dörfer, Schlösser, Wiesen,
Feuersteinfelder, Hünengräber, Felsen, jäh weiße Felsen.

Die glitzernden Bodden und Seen, wenn die Sonne sie
berührt, weiß man nicht, ob sie Wasser sind oder Himmel.

Im Norden liegt da meine Bucht –
wie der Sand auf den Planken knirscht,
wenn ich lande. Schimmernder Nachmittag.
In der Ferne auf dem Meer gleitet
ein graues Kriegsschiff die Horizontlinie entlang.
Spielzeuggroß. Ein Detail. Außen, innen, jetzt?
Zu welchem Bild gehört es, in welche Zeit?
Heute, heute bin ich hier
allein. Ist denn Frieden?

Besseres Märchen

Glücklich und zufrieden, da
der Igel seinen Doppelgänger mit
feingliedrig schwarzbehandschuhten Händen
ermordet hat und leichtfüßig
neben dem Hasen auf eine
hundertstel Sekunde genau
durchs Ziel geht.

In den Furchen
steigt
flutend das Wasser.

Ruin

Es ist fünf Uhr nachmittags und blau,
träge sengend schwindelerregend
blau und schon lange
Ausnahmezustand über dem Sommer.

Die Luft ist ein schwelender
Erstickungsanfall, den die Brust
Hüften und Schenkel hinab
keuchend zu Boden zwingt.

Das Wasser im Brunnen hat Stirn,
Augen und Mund verödet, blind
steht es da, schwarzbraun und stumpf.
Nur Salamander steigen und Blattgewächs.

Auf die weichen steinernen Bänke im Garten
sinken Feigen, Birnen und Mirabellen nieder
bei geöffneter Haut. Fleisch, Säfte, Duft,
unerwiderte Lockung. Ein Fruchtbett
schwarzer verwesender Pflaumen unter den Bäumen,
ein Wespengeschwader in tieffliegendem Verband.

Aus der Scheune stampfen zwei Kühe
auf ihre Gnadenwiese am Hang. Jenseits
der Mauer frische, blutig gerissene Federn
von Rebhühnern und Fasanen. Die Spur
der Schlange das Brombeergestrüpp entlang.

Im Postkasten unten am Weg knirschen
kleine glatte grüne Äpfel über dem Telegramm,
das jeden warnt in einem anderen Land,

der so müde, fehlgekleidet und flüchtig ist,
daß er wehrlos ein Unheil annimmt.

Auf dem Kaminsims abends im Haus
fordernd die Gegenstände. Sieben
Flaschen Bordeaux mit einem handgemalten
Totenkopf-Etikett, ein schütterer
Strohblumenstrauß, zwei Fleischwölfe,
gußeisern, verschraubt zu beiden Seiten,
eine Petroleumlampe ohne Zylinder,
ein Bündel langer verbogener
Opferkerzen aus einem Gotteshaus.

Später, wenn der Schlaf mit der Dämmerung
ringt, in der Stunde zwischen drei und vier,
wenn uns Alpträume drohen und Verhaftungen,
rollen unaufhaltsam Mannschaften heran. Reifen
über dem Pflaster, Türenschlagen, Stiefel, Waffen,
Kommandos. Und Schäferhunde, lautlos.

Von den Hügeln, aus den Tuffsteinhöhlen
gleiten nach leisem Alarm, einer
aus dem Schatten des anderen,
jetzt die Partisanen herab. Vorwärts,
voran, heroisch vereint in einem Lied. Ach,
Freunde, ja, singt, singt, denn wahr
muß doch sein, daß in der Nacht
die Freiheit nur euch erhört.

Am Morgen nach dem Sturzflug der Krähen
über die Ebene hinweg stäubt
gaserfüllt ein Riesenbovist zum Himmel.
Siechtum, Verfall, Schuld zeichnet er,
niemandes Wunden Blut wird je
mehr zu stillen sein.

Aus den Höhlen heute wieder,
echolastend, das Gebell
der Hunde. Sie sind die
Erben der Geschichte
wie wir.

Kleine Erinnerung an den Fortschritt

Ja, damals, als wir Kinder waren,
nach der Revolution, haben wir
in Baschkirien noch
den Großvater gesehen, wie er
mit hellen lachenden Augen
die erste Glühbirne verfolgt hat,
die blitzend nackt durch unser
Dorfschulzimmer gependelt ist,
hin und her und hin und her.

Aber nun?

Umzug auf Erden

Unsere eigenen jungen,
abgeurteilt weiterinsistierenden
Asylnehmer sind heute zwischen 5 und 7
auf dem Boulevard angemeldet.

Die Vorhut auf einem kleinen rostroten
Lieferwagen kommt als kreischende
Fanfare zerrmodulierter Rockmusik
über das Megaphon auf dem Dach.

Das Fußvolk dahinter in Achterreihen
kriecht als braungraue Raupe die nasse
Fahrbahn heran, ein Schädlingsfortsatz,
der zur Abwehr gemeiner Ordnungsgefährdung
und Epidemien seinen Zufluchtsort in
gesetzlich vorgeschriebener Form wieder und
wieder durchsucht und verletzt finden darf.

Die gebeugte Freizügigkeit unter dem
Winterhimmel zeigt sich gesäumt von
Staffeln in Kampfanzügen mit Helm und Schild,
mit Schlagstöcken in geschlossener
Kette von Hand zu Hand, es ist schutzbefohlen
eine Elefantenmauer, Rüssel bei Schwanz.

Ein angegriffener Zug, blicklos, zermürbt.
Keine Sprechchöre mehr, kein Transparent.

Nur Einbildungen noch inmitten, ein Rudel
Hunde da, die durch tauenden Schnee ferne
uneinholbare Schlitten ziehen, ein Trupp

Gefangene, die der Krieg von einem
Lager zum anderen schleift, eine Schar
Andersgläubige, die man am Stadion erwartet,
beim Tor der steinern sprungbereiten Löwen.

Am Straßenrand eine jüngere und eine alte
Frau, weinend. Auch sie, registrieren
die langen Brennweiten der Objektive
in den Mansardenfenstern, auch sie
wird man zu beruhigen wissen.

Weise Methode

Einmal in Peking sind die Spatzen
eingefallen in so großen Scharen,
dunkel ist es geworden, kühl und welk.

Da hat man einfach den Himmel
abgesperrt und Schulkinder
in die Straßen geschickt
mit Rasseln, Blechdeckeln
und langen federnden Ruten,
um sie aufzustören, schwirren
und flattern und flattern und
niemals zur Ruhe kommen zu lassen.

Drei Tage lang haben sie
sie gejagt, bis über Nacht
alle verendet am Boden lagen.

Dann ist die Stadt, lautlos
fast, nur noch ausgekehrt worden.

Wie ohne schweres Geschütz
man Lebewesen bewegen kann,
gerade auch anderswo.

II

Wie das Getrennte wieder

Aus den Zügen aussteigen und
nicht über den Perron. Über die Gleise
unerkannt an den eigenen Schatten heran.
Das Zeichen in seinen Nacken und auf,
auf in die Städte. Wie sie einander folgen,
sich trennen und überholen: Wege, Wanderer,
Diebe, Schlaf und Traum. Die schwarzen
rußbetörenden Burgmauern und Straßengräben,
eine Gesellschaftlichkeit fließend in Limousinen,
Sperrbezirke, Glockengewalt, Sirenen, Angstarbeit
aufzunehmen an einem jeden Kiosk, erleuchtete
Sonden zuweilen in diesen anfallartigen Frieden,
in diese Wärme aus Atemnot und verzückten Augenpaaren.
Und das wildernde Kind wieder, das uns gleicht,
wunderbar herausgetreten aus sich selbst.
Staunend.

Der Park auf der anderen Seite, den es noch gibt.
Robinien, Zedern, Platanen, zweihäusige Ginkgobäume
mit süßem eßbarem Fleisch unter den Fingern.
Hinter den Gitterstäben stehen sonntags
die überlebenden Tiere Spalier und lachen
eine Öffnungszeit lang stellvertretend für die Besucher.
Die Ziegen, Giraffen, Okapis, Affen und Elefanten, sie
lachen, lachen, was die Lungen der Hauptstadt halten.

Auf dem Platz vor der Kathedrale ist eine Menge
beisammen im Überdruck. Die Männer haben ihre
Krawatten gelockert, um sich der Einflußnahme zu öffnen.
Von den Frauen sind einige nicht erwacht, andere
abrufbereite Souffleusen, wieder andere unsäglich

starr vor Verachtung. Auf der Tribüne nämlich
steht Zukunft unter dem freien Himmel.
Die Staatsnummern 1 bis 3, 4 oder 6 treten auf
und zeigen sich allen diesen zahllosen
Körpern bei einsehbarem Bewußtsein.
Der wahre Fortschritt hat eine unverhüllte
aschgraue Brust, einen Ölzweig und Brot unter dem Arm.
Seine eifernde Rede ist herb und treu,
lebensunlustig und ein fernes Versprechen.
Die gemäßigte Volkstümlichkeit hat einen scheinbar
verständig prüfenden Blick und müht sich
mit einer Waage. Das verdiente Füllhorn (links)
soll dem Schwert und der Geißel (rechts)
offenbar nicht unterliegen. Die Kugel des
unbeständigen Glücks wird noch den Ausschlag geben.
Die unbelangbare Gestrigkeit ist von berechnend
geschmückter Statur, von hoffnungsverdrehtem Auge
und einem schönen frommen Tenor. Neben den Orden
am Revers blinkt schon der Griff des Stiletts hervor.
Und ein Bildwerk mit Vorsicht gebietendem Sinngehalt:
der zahme Löwe (eingeschläfert), die weise Eule (ausgestopft),
die vereinigten Hände (übereinandergeschweißt) und ein
Jünglingskopf mit phrygischer Mütze (sträflingsgeschoren).

Am nächsten Morgen auf dem verlassenen Platz
haben der Schatten und er sich der Statue anvertraut,
am Mittag sind sie eng beieinander unter der Sonne.
Eine erfahrene Gestalt in Reisehut und luftigem Mantel,
mit einer saitenzerriebenen Lyra und abgestreiften
Flügelschuhen vor Schmerz. Um die nackten Fersen
ausgehöhlte Orangenhälften als Einbildungsschild
gegen die gemeinhin mordenden Phantome unterwegs.

Irrational. Es ist alles irrational.

Ja. Und so weiter.

Der letzte Krieg

Ich habe den Kopf gewendet
und die Straße hinuntergeschaut

und am Ende stand da

dieses enorme Element Licht
wie ein farblos verharrendes Feuer.

Langsam ist es vorangekommen
in dünnen gasgleißenden Fontänen,
senkrecht asphaltbedeckend, heiß
und still, näher und näher.

Die Luft, die jetzt zu sieden beginnt,
meine Haut, die altert wie die Sekunden,
alle lastenden Glieder, die sich lösen,
noch einmal spannen und fliehen, fliehen.

Ins Haus laufe ich, die Treppen
hinauf, ein schreiendes Bündel
Kind in den Armen, das nicht meines ist,
Mama, Mama, rufe ich, eine Frau vor mir
bedrängend, die nicht meine Mutter ist.

Auf dem Dach, unter den Füßen bebt
das Haus, ringsum alles schwankt, reißt,
stürzt, kracht, und ich, auf dem Kamm
des niederbrechenden Häusermeers, jage
hoch, zurück, die nachfolgenden Trümmer,
daß sie mich nicht verschütten können.

Die große Ruhe danach.
Staubschwaden, mürbe schwelende
Asche über den Ruinen. In einer Mulde
im Schutt unversehrt ich, die Hand
auf der Brust, schluchzend. Lachend
in die abwesende wirkliche Sonne.

Was für ein seltsamer
glücklicher
Irrtum.

Doch nur
aufwendig lärmend,
materialgewaltig und effektiv
wieder eine Welt versunken
wie früher.

Denn später
der nächste Krieg, wird
nicht mehr zu erinnern sein.

Kurze Versuchsanordnung

Bei einer Geschwindigkeit von etwa
60 Stundenkilometern sind
zwei Fahrzeuge soeben
frontal aufeinandergeprallt.
10 Millisekunden danach
blockieren die Gurte, 20 Millisekunden
danach spannen sie sich. Zu diesem Zeitpunkt
sind beide Wagen bereits 30 Zentimeter kürzer.
40 Millisekunden danach hat der Beckengurt
eines Fahrers maximal eine halbe Tonne
gehalten, der Schultergurt sieben Kilo-Newton.
70 Millisekunden danach sind die Karosserien
70 Zentimeter kürzer. Ein sechsjähriger,
nicht angeschnallter Junge stürzt
von der Mitte des Hintersitzes kopfüber
auf Armaturenbrett und Windschutzscheibe.
Dem Fahrer, der einen halben Meter nach
vorn gerissen wurde, fällt von hinten
seine nicht angeschnallte Frau ins Kreuz
und drückt ihn mit dem Zwanzigfachen ihres
Körpergewichts in seinen ausgespannten Gurt.
Sein Schulterblatt links und ein paar
Rippen brechen. In der 80. Millisekunde
schießt ein Spielzeugauto von der Hutablage
und trifft mit der Wucht eines Vorschlaghammers
den Kopf des vorn rechts in einem Schalensitz
angegurteten Babys. In der 85. Millisekunde
schnellt der Kopf des Fahrers wieder zurück
und stößt mit dem nach vorn geschleuderten
Kopf seiner Frau unmittelbar zusammen.

Nach 100 Millisekunden ist alles vorbei.

Anfang und Ende

Da ich doch getrieben werde ans Meer,
packende Kälte hinter mir und ein Wind,
der meine Augen tränenzerfetzt. Den Sand
dreht er auf zu dünnen rasenden Fäden,
Zündschnüre, eine weite Reihe lang, die
abbrennen und verenden vor mir, zischend
in den auslaufenden Wellen. Eine winzige
Detonation, ein Staubwolkenband zu meinen Füßen.

In der Ferne, den Horizont herauf, das Tosen
des Universums, mit der Brandung ein Atem
wieder durch meinen Körper. Eine Freude,
eine Gleichgültigkeit und Energie.

Und auch, ich erinnere mich, habe ich
den Flutsaum der Meere immer
wie eine Haut gespürt, eine innere Haut,
sandgrau, rosagrau, schleimgrau, molluskenfarben.
Ein Mund, eine Lunge oder ein Schoß. Ein Gewebe,
das Leben beginnt, fraglos, ohne Aufsehen und Sinn.

Wie das Meer sich vollzieht, der verhaltene
Lärm der Elemente und das Niemandslicht
mir gegenüber. Ich würde
weitergehen wollen, geradeaus weiter
in den ersten Welterschaffungstag.

Da ich aber umkehren muß, die gewöhnliche
Übung, quer über den nassen Sand zurück.
Durch die Dünen in gelben Ölmänteln
kommt die tägliche Gattung heran. Sie schreien,

singen auch, winken sich warm. Nach ein paar
Schritten mit gesenktem Kopf die erste
Botschaft im Sand: »Schreibt doch mal:
Jürgen Glamann + Klaus Moeller,
Schubertstr. 16, 4680 Wanne-Eickel«.
Wanne-Eickel.

An der Kreuzung der Promenade bei Rot
kommt hastig ein nicht mehr junger
Mann auf mich zu. Ein Trainingsanzug,
ein Campingbeutel, der um die federnden
Knie schwingt. »Sagen Sie mal, können Sie mir
sagen, wo es hier Aale gibt? Irgendwo
hier im Dreh muß es so eine Bude geben.
So eine Bude, wissen Sie, im Sommer
haben sie da immer Aale verkauft.«
»Jetzt«, sage ich, »jetzt
ist aber Winter.«

Die prächtigen Muscheln.
Schon recht, daß sie landeinwärts
nicht mehr rauschen an meinem Ohr.

Dieser eine Russe

Lange nachdem damals
plötzlich
Flugzeuge am Himmel erschienen,
Bomben fielen und Soldaten eindrangen,
Frauen und Kinder erstarrt standen vor Schrecken,
aber die Männer schon mit erhobener Faust;

nachdem dann
Partisanen versammelt waren
im Eichenwald, Männer mit Feldstechern,
Kinder mit Handgranaten, Mütter und
Schuljungen mit Maschinengewehren;

nachdem auch er
verlautbaren ließ, daß *die Hitlerischen Schurken*
es sich zum Ziel gesetzt hätten, die Bevölkerung
der Ukraine, Bjelorußlands, des Baltikums,
der Moldau, der Krim und des Kaukasus
zu versklaven oder auszurotten;

nachdem das ganze
elend überfallene und geschändete Volk
sich erhob, trotzte, kämpfte und einsatzbereit
blieb in den Betrieben, Bergwerken und Schulen,
in Transport und Verkehr und auf den Feldern;

nachdem die mächtige
Armee *unter dem siegreichen Banner*
des großen Lenin entschlossen voranrückte
und in Trümmern selbst die Städte noch
verteidigte, Moskau und Tula, Odessa
und Sewastopol, Leningrad und Stalingrad;

nachdem endlich
Frauen, Kinder und Greise
die heimkehrenden Helden begrüßten
mit Blumen und Wein, nachdem jeder
Gefallene beweint und aufgebahrt war
unter Fahnen und Siegerkränzen;

lange nachdem damals
die Rote Armee
ihr edles und erhabenes Kriegsziel
erreicht und unwiderruflich
zu sichern gesucht hat,

wird nun nur
dieser eine Russe
noch auf befreitem Boden stehen,

dreimallebensgroß
hoch auf seinem Sockel,
in weitem derbem Mantel,
Bluse, Gürtel, Hose, Stiefeln,
ein Kind auf dem linken Arm,
ein Schwert in der rechten Hand,
das zerschlagene Hakenkreuz unter sich,
schaut er aus jungem grobem unbewegtem
Gesicht bedingungslos weiter nach Westen.

Ein weiser Herrscher
damals
wie der Erste Kaiser von China
hätte doch alle Soldaten
zu seinem und ihrem ewigen Ruhm
als Tonfiguren nachbilden lassen
in voller Gestalt. Allein die Gefallenen

wären, 20 Millionen Schulter an Schulter
unterirdisch in Viererreihen, im Jenseits gar
unüberwindlich gewesen für spätere Gegner.

Eine still befestigte Front, von der Ostsee
zum Schwarzen Meer und zurück,
eine Mahnwache vielleicht
von Berlin bis hinter den Ural.

Indizienbeweis vorort

Immer nur nachts.
Von der Bahnstation den Hügel hinauf
immer zügig lautlos zu Fuß.
Stöhnen, wie nach dumpfen Schlägen
nur, wenn man nicht schlafen konnte.
Gegen Morgen kaum mehr
Haarbüschel am Straßenrand, Zähne,
Brillen, Kleiderfetzen oder ein Schuh.
Geschlossene Mannschaftswagen immer
auf Umleitungen, nur zu bestimmten Stunden.
Versorgungslieferungen aus dem Dorf alle
unauffällig zu einer Sammelstelle.
Nur die Bauern immer wieder,
denn unter dem Todeshang drohte
der rote Bach den Boden zu verderben.

Mit dem Holz der Baracken im ersten
Nachkriegswinter die Öfen im Dorf.
Aus den Steinen der Wachtürme
von Überlebenden eine Kapelle.
Im geräumigen Haus der Verwaltung
kinderreiche Familien. Das weite Gelände
ein einziges helles Feld kleiner flacher Tafeln
mit und ohne Namen, Lebensdaten, Herkunftsland.
Drüben am Südhang aber,
das Geschehen im Rücken,
in den schönen fremden oberbayrischen
Amtssitzen der Kommandanten, auf Felssockeln
hinter geschnitzten Fassaden und Giebeln,
da wohnt es sich schon noch.

Nur die Geranien immer wieder,
in den Blumenkästen der umlaufenden Balkone
werden sie Jahr für Jahr
unschuldig rot in ihrer Erde.

III

Grabfigur eines mit Lorbeer bekränzten Mannes

Da, in der Menge, haben sie mich doch noch erkannt, mich bedrängt und ausgeliefert dem Kommando ihrer einsatzbereit lauernden Rechtschaffenheit.

Und ich habe gedacht, durch Anwesenheit täuschen zu können. Die Umzüge der gestrafften Ordnung wollte ich bestehen, die Rituale des Jubels. Entlassen sein nach unauffälliger Führung. Wie vernichtend aber ich mich geirrt habe.

Wäre ich doch, wo ich hingehöre, geblieben, draußen hinter der Bannmeile am Rand. Ich lebte da auf einem steinernen Sitz, die Beine übereinandergeschlagen, den Ellenbogen auf dem Knie und in der Hand das geladene Universum in meinem Kopf. So war ich einig mit mir, eine Erwartung, bitterlich schön.

Der Vollständigkeit wegen und vielleicht, weil es gerecht ist, habe ich sie aufgesucht dann und wann. Jedesmal hat es Alarm gegeben. Meine Nerven, auch jetzt wieder müssen es meine Nerven gewesen sein, die unwiderruflich weitergesendet haben: aus meinen Augen Entfernung, Verzicht, aus den Poren Beklemmung, aus meiner Kehle ein Röcheln, ein trocken schleifender Schrei. Ihr Verdacht, natürlich, ihr lange gehegter Verdacht, endlich scheint er bestätigt, endlich werden sie sich nun vollstrecken können an mir.

Laß uns an die Arbeit gehen, hat er gesagt, jovial, breitbeinig, mit verschränkten Armen, ein Oberst aus dieser schwer atmenden Brigade. Und ein bräunlicher Raum, das war bereits eine Gruft. Und eine Routine, alles, wovon man gehört hat: wenig zu essen, kaum Schlaf, düsterste Zeitlosigkeit, Angriffe einer Musik, Trancezustände, Hypnose, Isolation, beißende Isolation.

Ein Glas Wasser manchmal, als eine Ergebenheit fordernde Gnade.

Hätte ich denn nicht mürbe sein sollen, nach ich weiß nicht wie vielen Stunden. Alles erfüllende Angst und kein Umriß weiter von mir. Meine Ahnung aber war, daß ich verloren bin, wenn ich rede, daß sie mehr wissen wollen, wenn ich ein einziges unverständliches Stichwort sage. Wie Hohn wäre es ja gewesen: nirgendwo eine Verschwörung, kein Waffendepot, kein Umsturz in Sicht, keine Pläne, Deckadressen, Namen. Dagegen ich, immer nur ich, wer sollte das glauben, immer nur ich und meine verschwindend winzige, geheime Essenz. Und was bliebe schon hier der Erinnerung: meine Wahrheit, die Liebe, dieser eine holde leidselige Traum, mein Zorn, meine begehrlichen Jahre in der Welt? Niemand würde sich wiederfinden darin. Nichts. Nichts habe ich verraten, nicht einmal meinen eigenen kleinen Namen.

Gewiß, so oder so, sie müssen zu Ende kommen mit mir. Ihr System fordert diese Schuld. In die höchste Runde gehen wir jetzt, ihre härteste Steigerung. Auf dies alles war ich gefaßt: Stromstöße und Injektionen, auf einer Schaukel Prügel, mein Geschlecht zerstört, meine Trommelfelle, Blutgefäße, Muskeln und Sehnen. Es ist aber vollkommen so, daß sie absehen von meinem Innern, eine Methode wählen, die wie ein Anzeichen ist von unbegreiflicher Achtung. Es ist nämlich, daß sie mir eine Geschichte geben, einen Prozeß mit allen mittelalterlichen Ehren. Sie haben da Leinentücher bereit, lange schmale Bahnen, die naß sind und dampfend heiß. Eng, ganz eng werde ich eingerollt in diese Tücher, von den Beinen her zu den Hüften, zu den gekreuzten Armen über der Brust bis hinauf zum Kopf; eine Bahn unter dem Kinn, die andere über der Stirn. Oh, wirklich, die Qual, die ich erfahre, ist reinlich und kurz, wenn die Bandagen trocknen. Fest und fester schnüren sie sich, drücken mein

Rumpfgerüst ein, würgen mich, ersticken den Atem. Und nun, da ich die Augen schließe, der für mich bestimmte, leise göttliche Ruck: ein Seufzer über die Lippen und mein Schädel zersprungen. Der Riß dann im Gesicht, von der rechten Schläfe quer über die Wange, an der Unterlippe entlang und zum linken Ohr. Das waren nicht sie, es war die Hingabe. Die einzige Spur an meinem gefaßten Bündel.

Soweit hätten wir ihn geschafft, sagen sie dann bei der Besichtigung, einer nach dem anderen. So zäh und friedlich haben wir selten einen gehabt. Ist es denn möglich, daß er wirklich der war, für den wir ihn hielten? Ist denn dies die Kraft, von der die Leute im Land trotz allem wissen? Ist es nicht so, daß er uns beiläufig soeben besiegt hat, diese stille schrumpfende Gestalt, die wir nun nie mehr brechen werden? Es ist wohl dies unser Fluch, daß wir in Wahrheit niemals einen Gegner gehabt haben.

Der Oberst ist vorgetreten. Er nimmt seine Schirmmütze ab und schweigt. Er nimmt das Blattwerk vom Kragen, von den Schulterstücken seiner Uniform und steckt es der kleinen Gestalt, am Stirnband entlang, als einen Lorbeerkranz um den Kopf. Nicht auf einen der Parkplätze, ordnet er an, nehmt ihn bei Dunkelheit, so wie er ist, und legt ihn vor ein Kirchenportal, an die Seite, da, wo man die Kinder aussetzt.

Wie ein Denkmal ruhe ich hier zuletzt. Doch wer wollte sagen, ich wäre tot. Tatsächlich werde ich kleiner und kleiner werden, aber längst noch nicht ist der Jüngste Tag. Es ist mir ja, nach den Erschütterungen meines Körpers, von niemandem bemerkt, der Eingeweidebeutel durch meine Rippen und die Bandagen gestoßen. Und es ist darin, unter gekreuzten Händen, meine Seele noch in der Welt, das Insignium, wie man bedeutet, meiner Würde. Wohl wird sie nach einer Weile, in ihrem irdischen Gefängnis, auch eine List anwenden, um zu entkommen, wird, da alles an mir dorrt, zu einem Pulver zerfallen, zu feinen Kristallen Salz, zu einer nie gehandelten Droge.

Und wer immer in mir keinen Bettler sieht, wird sich aus *meinem* Beutel bedienen. Es wird, wer daraus eine Prise kostet, die Zukunft spüren unter der Zunge.

IV

Vorführung des Gefangenen

Ein verräuchertes Kruzifix hängt
da über dem Herd und mitten
in der Küche, auf ausgetretenen Fliesen
steht ein kleiner schluchzender
Junge, der langsam
den Kopf hebt, ungläubig
aufschaut zu mir und sich bedankt
für die Tüte Bonbons in seiner Hand.
Vergelt's Gott, sagt er, vergelt's Gott.

Die Mutter drüben am Tisch,
den abgeprügelten Kochlöffel
fest zwischen die Falten ihrer Schürze
gepreßt, beaufsichtigt unsere Andacht.

Ich umarme hastig das Kind
und fahre nach Süden weiter.
Vom Wind zerfetzt läuten die
Mittagsglocken in meinem Rücken.

Bonjour Monsieur Soutine

Zurück, bleibt doch, Freunde,
  zurück, auch wenn ich jetzt ein wenig
Gefallen erregt habe und Bewunderung,
  Sammler, Gönner, Händler vorweisen kann
in Philadelphia und Paris, Maßanzüge
  und Krawatten aus Seide, ein kleines
unstetes Lächeln immerhin und reinere Haut.
  Selbst hören kann ich wieder, seit der Arzt
das Wanzennest entfernt hat aus meinem Ohr.

Später ist es, und so viel ist
  noch zu tun, entkommen will ich,
allen und mir, in die Stadt, in die Museen,
  Schlachthöfe, Fischhallen und über Land,
tief in der Stirn einen meiner dreiundvierzig
  grauen Hüte und aufgeschlagen ein rohes
Ei darunter gegen die Furcht vor schütterem Haar.
  Motive muß ich finden, Modelle, sie zwingen,
auf mich einzig gewartet zu haben, Bäuerinnen, Kinder,
  Chorknaben, Pagen, Portiers, Kellner, Konditoren und
Landschaften dann auch, Bäume, Bäume und Tiere, alle
  geopferten Tiere, Forellen, Rochen, Hühner, Gänse,
Fasane, Hasen, Kälber, Ochsen. Erst heute habe ich
  elend ein Pferd gesehen vor einem Jahrmarktskarren,
voller Kot und Schwären das Fell und in den Augen
  eine so entsetzliche Erschöpfung, so schön war
dieses Pferd, daß es mir fast menschlich erschien.

Verwundete Tiere, tot, ja tot, aber nicht ich
  habe sie geschlachtet wie damals ihr,
nicht ich habe gelästert, ich vielmehr

habe reicher Leben geschenkt als damals
ihr mir, und nichtig deshalb ist ein Gesetz,
das ungeachtet urteilt und verfolgt, mich,
der ich Zeugen anrufen kann, triumphierend,
Rembrandt, Chardin, Corot, Courbet, auch
diese Forelle zum Beispiel, seht ihr nicht, wie sie
in Farbe und Atem schimmert und bebt,
und der gehäutete Ochse in meinem Atelier,
begreift ihr nicht, daß ich sein Fleisch
retten muß vor der Verwesung und eimerweise
Blut über ihn schütten, um ihn saftig
glänzend und frisch zu halten, daß ich Fliegen,
Nachbarn, Gesundheits- und Ordnungshüter
abwehren muß, bis ich mich gequält habe und gewunden,
gerast und gestöhnt, bis aus dem aufgewühlten
Schmutz vor mir Stoff und Energie sich wieder
aufrichten in meinem Bild, denn, versteht
ihr nicht, Kunst ist wichtiger als Hygiene.

Eine grausam ermüdende Magie, meine mächtige
kindliche Hand, meine großen Farben, grün,
aller Bäume grün, Preußisch blau und rot,
ziegelrot, feuerrot, scharlachrot, cadmiumrot,
fünf Dutzend Pinsel, einmal benutzt, verstreut,
die Leinwand zerfetzt an den Rändern,
ich endlich daneben, sprachlos für den Rest
des Tages und unerlöst aus dieser alten Not,
denn die Prügel in meinem Bauch, seit ich
als Kind damals den Rabbi gezeichnet habe,
sie wachsen und wuchern sich aus, krümmen mich
vor den Menschen, den Frauen auch, die ich kaum
ansehen kann und malen, nur eine habe ich je gewagt
zu entkleiden, aber so scheu steht sie da, daß ich
die Augen von ihr wenden muß wie sie von mir,

und dann der Schrei in meiner Kehle, seit ich
den Dorfschlächter damals gesehen habe, wie er
den Hals einer Gans aufschlitzte und vergnügt
das Blut auslaufen ließ, noch immer ist dieser
Schrei in mir, noch immer, auch als ich den
Ochsenkadaver malte, war es dieser Schrei,
den ich ausbrechen und gellen hören wollte.
Aber noch immer habe ich es nicht geschafft.

Ach, Kikoïne, komm, erinnere dich doch,
komm und geh mit mir, Hand in Hand,
durch die Felder zuletzt am Waldrand entlang,
den weiten Weg zurück zur Zeichenschule
in Minsk. Ich werde dich malen wie damals
wieder, ausgestreckt auf dem Boden, bedeckt
mit einem faltigen weißen Laken und umstellt
von brennenden Kerzen. Und wenn du es
nicht bist, der da liegt, werde ich glauben
müssen, ich wäre es nun und mein Bild
ein jäh erbleichendes stilles Leben.

Temperatur

Jetzt im Juli gehe ich hier
in der Nacht allein. Die Linden
auf beiden Seiten der Straße
fallen zusammen über mir,
und honigfarben strömt
rasch ihr erhitzter Atem herab,
der Lungen verklebt, Kleider, Haut
und niederzwingt auf den Asphalt.
Die schweren weichen Reifen
der Limousine und vibrierend noch
mein Körper zerdrückt.

Warum ist es nicht
Winter wie gewöhnlich und ich
hartgefroren, aufrecht und längst
auf und davon.

Stilleben mit blindem Mann

Auf wenig eingerichtet bisher. Im Raum
nebenan Koffer, Schirm, Zeitungen, Blumen,
ein zurückgelassenes Récamier, auf dem Kaminsims
die ersten Bücher und eine stehengebliebene Uhr.
Seit gestern das Telefon immerhin, grau, blank,
kaum Fingerabdrücke, starre dichtgeringelte Schnur,
aber gestört ist es ununterbrochen, mich kann erreichen
wer will, nur mir gelingt keine Verbindung.

So nehme ich Tage an, die sich ergeben,
messe mich in den Zimmern aus, belebe sie
mit euch beiden. Speditionen erwarte ich nun,
Ladungen Vergangenheit aus verschiedenen Städten.

Vor dem bodentiefen Fenster zur Straße heute
die Märzsonne in meinem Rücken. Wie ihre
warme staubhelle Spur rasch durch die Zimmer
dringt, über den Balkon zum Garten hinaus
auf die gläserne Häuserfront drüben trifft und
in der gleichen Bahn mir wieder entgegenkommt.
Und wie ihr, bei der Flügeltür, mit je einem Pfand
anwesend aufscheint in diesem Licht:
deine rechteckige Tagtraumlupe noch auf dem Teppich
und ihre Tennisschuhe, Größe achtundzwanzig,
verschmierte Meerschweinchen, die in den Morgen dösen.

Gestern nacht, zu allem symbolischen Überfluß,
habe ich von einer Fahrkarte geträumt,
einem großen silbergrauen Billett, ohne Angabe
von Zeit, Wert oder Bestimmungsort. Nur
mein Name darauf, dringend mein Name. Und gültig
ist es gewesen, unbedingt und überall gültig.

Doch plötzlich, in diesem Moment, zum Fenster
umgewandt, bin ich bei diesem Mann dort unten,
diesem hageren alten Mann, der in rasender
ungelenker Eile die abschüssige Straße
hinunterstürzt. Mit seinem weißen Stock
schlägt er, weit ausholend nach rechts
und links, tack-tack, tack-tack, tack-tack,
sich den Weg frei, den er nicht kennt.

Und wenn, was ich
ertaste, eine Zeitbombe ist,
ich wäre bereit, sie zu entschärfen.

Little Black Jack

Vorbei ist hier die Saison.
Er hat gut abgeräumt, er ist
zufrieden, der Junge.

Die besseren Münzen aus dem Brunnen
geholt mit Magneten, gegen Entgelt
Hausfrauen beim Bingo beraten am Pier,
Magazine und Bücher der Badegäste dem Händler
auf der Promenade verkauft zum halben Preis,
den Kindern fürs Kasperltheater am Strand
die Eintrittskarten vom Vorjahr.
Und die schimmernden Schuppen des Fischs
über der Schulter, noch heute wird er sie
den Mädchen am Hafen andrehen als
Pailletten um ihre weichen Dekolletés.

Hoch auf dem Sockel steht die kleine Figur
des Königs in vollem Ornat, das Zepter
links in der Hand, die goldene Krone auf
dem Schemel daneben, aus einem Stück nur
sind sie geschnitzt, Krone und Schemel.

Auf dem kalkweiß immer wartenden Pferd
sieht er sich drüben, rund über die Hügel,
morgen schon in die Hauptstadt reiten.

Mit guten Karten in mehreren Taschen,
doppeltem Futter im Ärmel und einer
flinken Hand ist fast alles
noch zu gewinnen in diesem Leben.

Nur das Geräusch des Meeres bei Nacht
wird er vermissen, die Wellen, wie sie
mit einem Ruck den Kieselsteinsaum
anheben, wenn sie kommen und ihn
leicht und hell rasselnd fallen lassen,
wenn sie gehen. Wenn sie kommen und gehen.

Tausendundneunhundertneunzig

Jetzt, es sind so viele Jahre vergangen,
liegt im Mondlicht plötzlich
das Märchenbuch
aufgeschlagen vor der Nacht.

Das nämliche Firmament, unendlich
sternstill und dunkelblau, der ferne
Atlas im Schnee, die Gärten
unter den Schatten, der Orangenhain,
die Asphodelen am Weg, Palmen, Zedern,
der ruhende Brunnen, verheißungsvoll
weiß und gold glänzend der Palast.

Und doch nie Leben nach einem Wunsch.
Im erleuchteten Pavillon drüben die alten
Herrlichkeiten noch einmal abwesend bewegt,
Gesichter, Lachen, Erfüllung, Rausch, alle
Sinnestäuschung beizeiten entfallener Erwartung,
nur die Hitze des Tages wieder,
ein helles Tränengewebe spannt sie
über türkis marmorfließendem Wasser im Bassin.

Hinter den Vorhängen später, schmeichelnd
im Schlafgemach, wirbt das Märchenbuchbild
nachkoloriert weiter auf einem Fernsehschirm.

Am Morgen jenseits der Mauern der Stadt
zieht der Himmel ockerfarben und grau,
aus Wechselrahmen von den Straßenlaternen
herab observiert grämlich ein König
seine verfügbare Welt, und Männer

in Umhang und Kapuze sind unterwegs,
gegen die Wände der Lehmhütten geduckt
hier und da vor dem schräg
von Westen aufkommenden Regen.

Straight Flush

Wenn du Glück hast
mit uns und dieses stille
Leuchten in deinem Gesicht
übergreift auf mich,

dann möchte ich wieder
einfach zusammenfallen
wie ein Haus
an der Kartenstraße
Herz.

V

Das Leben ein Exil

Die Warnung war, daß es bei schroffem Nebel
ausweglos enden würde in diesen Bergen.
Und so habe ich gefürchtet.
Schotter und Geröll, schleifende Glieder,
feucht stockende Lungen und allein
verröcheln schließlich an der Atemgrenze
zu jenem undurchdringlichen Jammertal.

Und doch bis an den Felsrand weiter,
einen letzten Seufzer den ausgeblendeten
Verheißungen der Welt und dann auf einmal
Luftspiegelungen, reinste Vergangenheit, vor mir da
Hügel und Täler, herb und grün und gelb und reif,
Bachläufe, licht, lautlos und geschwind,
Häuser, Ställe, Scheunen, ockerfarben, rostrot,
braun und weiß, Veranden, Blumengärten, Ulmenalleen.
Ein Zittern und leicht mit dem Handrücken
über die Stirn. Nur die Flucht auszusetzen,
Leben und Tod bisher; die Giftkapsel, die Flasche
für meine Bauchhöhle später, mit Biographie,
Abbild und handgeschriebenen Bekenntnissen
in einen abgestorbenen Baum gesteckt und ihn
aufgefüllt mit Kieseln und großen Steinen.

In den Straßen unten ein wilder festlicher
Umzug, Getümmel, Gelächter und Geschrei,
kräftige dunkle Männer, rote Wangen
und Nasen, Augen aus Cognac oder Anis,
Girlanden in den Bäumen und auf dem Platz
gedeckte Tische, Tambourmusik, Tänze
mit Stock, Bogen, Schwert und Schild.

Ein Redner nur von der Kirchhofsmauer,
der den Schwarzen Jäger beschwört, jenen,
der in ewiger Verfolgung eines vom Teufel besessenen
Hasen mit seiner Meute nachts durch die Lüfte stürmt,
jenen, der zuerst die verdächtigt, Unfrieden
zu stiften, die davor geflohen sind, jenen,
der noch immer ein Land teilt für die,
die verhaften, und die, die verhaftet werden.

Und die Anhöhe dann, die Steinwüste oben,
die weite kahle Erde, die sich wölbt, aschbraun,
olivgrau, beinfarben; Rinden, Furchen, Windungen
der Bergrücken entlang, der freiliegenden Gehirne,
über den Hinterkopf meines Kontinents. Diesen Weg.
Diese andere Spur, schmal und rissig wie eine leere
Bettlerhand, Pelerine, Muschelhut, Stab und Gurde,
den Nordwind von der Seite, der keine Kerze ausbläst,
aber Lebewesen erlöschen macht, gegen den Horizont
keinen anderen Baum als das Kreuz. Diesen Weg hier.
Einöde ringsum, der Westhimmel tiefblau, im Osten
der Morgenstern, der mich vorwärts treibt, deutlich
hell und ernst, ja, summt die Stille, die Nacktheit
ist das letzte, das man lernt zu genießen.

Gehen, allein gehen wieder im ersten Licht,
Schritt für Schritt Minuten und Stunden voran,
tote Echsen unter den Füßen, Mäuse, Igel, Dachse,
Vögel, Adler und Geier im Schattenriß, wachsam,
tiefer, einen Steinschlag weit, Gemsen, Schafe,
Wildhüter, Hirten, Eukalyptusbäume am Hang,
Erlen und magere Pappelreihen, Stauseen drüben
im Tal, glatt und stumpf in Zink und Blei,
Minenarbeiter, Häuser aus unbehauenen Felsen.

Am Mittag flammt die gespeicherte Hitze auf,
Bäume in der Ferne brechen, schwelen schwarzrot
hinab, das Wunder, triumphiert es unversöhnlich
gegen die Wälder, das Wunder des wieder
flüssig werdenden Blutes, aus der Sonne von überall,
körperlos hell aus einer Milchglasscheibe schwirren
Libellenmenschen heran, Zwerge und fliegende
Hunde, satanische Böcke und Fötusgestalten,
und ich endlich, geblendet von Glauben und Furcht,
trage Sandalen des Petrus, von Moses den Stab,
unter der Zunge Brotkrumen vom ersten Abendmahl
und eine Phiole vor der Brust mit der Milch
der allerseligsten Jungfrau, ach, Sinne, halt,
bin ich entkommen, um mich ergreifen zu lassen?

Langsam, in der Dämmerung, Dörfer unten am Weg,
Stadtmauern, Innenhöfe, Kupferkessel auf einem Herd,
Tisch, Schemel, Öllampe, Tonkrug, Frauen, die mir
das Bett bereiten ihrer verstorbenen Männer und lange
fortgewanderten Söhne unter dem Heiligenbild,
die einen Rosenkranz auf mein Geheimnis beten
und mir die Hände halten, sind die Glocken,
im Himmel, bedrängen sie mich, aus Metall oder
perlen sie wie der leichteste Wein, sind die Engel
fähig oder nicht, Menschen durch den Äther
zu befördern ans Ziel einer Verkündigung? Weit
bin ich hier schon, ruhen, lächeln, gehen,
essen, schlafen, danken, gehen, wieder gehen allein.

Am Ende die Kathedrale im Regen, der Stern
einer Auffindung über dem herrlichsten Tor,
die Statue auf dem Altar, der Edelsteinmantel,
die Buchrolle, aus der die Botschaft nicht dringt.
Und sieben Männer, die mich erfassen und im

Weihrauchkäfig, an Ketten von der Kuppel herab,
durch die ganze Länge des Querschiffs schwingen.
Die ewige Ruhe davor und danach und das Brausen
in rasender Fahrt, die abläuft hin und zurück
wie eine kleine Spanne Wirklichkeit auf der Erde.
Und die Mädchen und alten Frauen im Chor,
mit der ersten Süße und der, die getröstet vergeht,
nie, Pilger, singen sie zu mir empor, hast du
Herren gedient, die sich in Würmer verwandelt, aber
das Leben, sieh, ist sehr viel kürzer als der Tod.

Blendend ersetzt

Heute morgen bin ich aufgewacht
mit einem so großen Atem,
heute, dachte ich leuchtend,
fängt endlich ein Jahr an
mitten im April.

Auf dem Balkon bin ich
angetreten wie ein Sämann,
jubelnd die Augen in der Hand,
mit einer so weiten luftigen Geste,
eins hoch in die Apfelblüten
und das andere ins Narzissenfeld,
weiß und gelb in der wartenden Erde.

Und dann wieder der Einfall des Lichts
der gewöhnlichen wüsten
wahrnehmungslosen Tage,
die Leere bei offenen Lidern,
entzündende Höhlen, Schrumpfungsprozeß.

Und dann wieder die Rehaugenbank
hinter der Jalousie, kühl frisch
griffbereit, mein linderndes Paar,
schleimhautschlüpfrig zwischen
Daumen und Zeigefinger, kräftige
Nervenstränge, unter leichtem Druck
einzuschrauben in mein Gewinde.

Gute alte Übung immer noch.

Und dann bald wieder auswendig
sinnvoll koordiniert, Sehschärfe
wie gehabt, Brechungsvermögen,
Akkommodationsbreite, Farbensinn,
Gesichtsfeld und so weiter,
unverwechselbar, wirklich.

Das Bewegungssehen zudem habe ich
schätzen gelernt, das Wild nämlich,
wie ich erfahre, reagiert auf geringste
Regungen einer Gesellschaft von Jägern.

Von der Ableitung eingelebter Empfindsamkeiten

An einem jener Vormittage, die im Schwindel
hinzunehmen sind wie eine persönliche Verirrung,
an einem Samstag etwa gegen zwölf Uhr, hatte ich
in dem bezeichneten Straßencafé mit roten
und blauen Tischdecken unabweisbar einen reisenden
Schweden zu treffen, der, wie er später erklärte,
noch am Abend zuvor in Hamburg zwei Stunden lang
vergeblich versucht hatte, mich und eine Chinesin
aus London, die hier mit einem rapide alternden
Kriminalschriftsteller lebt, telefonisch zu erreichen,
dann aber darüber im Stehen eingeschlafen war.

An einem jener Vormittage, da das Straßencafé
sich in Süden und Überfüllung gefällt und ich
vollkommen inwendig unterhalten mir noch Milchkaffee
in die Zuckerdose gieße und der taubenblauen
Dame gegenüber Feuer reiche, als sie einen Streifen
Kaugummi behutsam zwischen die Lippen nimmt,
während er doch dort schon sitzt, stattlich, bleich,
mit gespannten Brauen, dieser Apollinaire von einem
Schweden, eine freiwillige Nation, wie er bekennt,
dergestalt, daß ihm das Schicksal Vater und Mutter
beschert habe als Rumänien und Frankreich.

– Es würde mich, meine Verehrte, inständig freuen,
wenn ich, anstatt Ihnen einen galanten Brei
vorzukauen, sogleich mein Favoritthema anstimmen könnte.
Ich bin, wie Sie à la longue begreifen werden,
in gewisse Probleme hineingeboren, und ich erwähne nur,
daß ich derzeit durch Mitteleuropa eile, um ein Bündel
Frauen zu befragen, deren Adressen mir aus meinem

sprunghaft verkehrenden Briefwechsel zugewachsen sind.
Was ich im Felde des Deutschtums auch von Ihnen bitte
zu erfahren, ist modern gesehen eine Einfachheit.
Ich erlaube mir, es hier so zu postieren: haben Sie einmal
mit einem Mann, verstehen Sie mich, in den Domänen
der Öffentlichkeit… die Handlungen der Liebe…?

– Ja, in einem Park. Auf halbem Weg zwischen Schloßteich
und Belvedere, unter einem Baum. Eine Blutbuche war es,
ein mächtiger düsterer Baum. Tiefe bodenstreifende
Zweige, das Rascheln der Blätter über den Köpfen.

– In der Tat. Gab es noch ein anderes
außer diesem einzigen Mal?

– Ich könnte es nicht so nennen. Doch ich erinnere mich.
Es muß in Bergamo gewesen sein oder in Vicenza,
gleichviel, ein merkwürdiges Zusammentreffen. Nachts
im Garten, hinter der Hecke neben dem Swimmingpool.
Vom Hotel her, aus den offenen Türen hohes gelbes
Licht über der Terrasse und Stimmen, lachende
melodiöse lockende Stimmen. Allein ich, unversehens
fühlte ich mich nichtig geworden, wie zur Untätigkeit
versetzt in jenen ereignisdämmernden Raum, den die Akteure
auf einer Bühne glücklich erahnen, wenn sie hinaus
ins Freie sich begeben. Ich aber war nur verwirrt,
unsäglich verwirrt. Mein Häufchen Wirklichkeit nichts
als eine peinlich schwache Behauptung. Mir war kalt.
Und ich bin aufgesprungen, die Schuhe in der Hand,
mit meinem langen weiten Rock dabei zwei Rotweingläser
vom Rand des Bassins ins Wasser geschleift.
Eine Frau, dicht an die Terrassenbrüstung geschmiegt,
wo bist du, mein Goldfisch, hat sie gerufen.

– Und Sie wiederum, haben denn Sie nicht bemerkt, daß es
in diesem Saal bei der Terrasse, den Türen vis à vis,
einen über die Maßen schönen und großen Spiegel gibt?
In diesem Spiegel liegt unverzerrt der Garten. Und
hätten auch Sie gelegen, wären Sie nur ruhig geblieben,
Ihrer Naturhaftigkeit sicher und hingegeben dem Spiel.

– Das ist vielleicht wahr. Und doch, ich versuche nicht oft
die dramatischen Zustände. Es ist etwas Einfältiges darin.

– Wie Sie nur wieder entweichen wollen. Eine Feigheit,
Verehrte, nichts als eine Feigheit ist es. Und damit,
errate ich Ihnen, werden Sie sich der Symmetrie begeben,
der reinen willkürlichen, der vollkommenen Symmetrie.

– Oh, in der Tat.

– Habe ich Sie nun in eine Beschämung gestürzt?

– Ich weiß nicht. Alles, was ich mir versagt habe
zu erleben, erregt mich so sehr, daß ich
zittern möchte. Mein Eigengewichtssinn ist gestört.

– Ist es denn damit genug?

– Ach, glauben Sie mir, es ist nicht nur, daß Sie mir
etwas gefunden haben, was ich selbst nicht erkennen
konnte bisher. Es ist auch, daß ich plötzlich nicht mehr
weiß, ob ich es bin, an die ich mich erinnere.

– Das würde ich nicht extravagant nennen, mit Worten
erzählen, aber außerhalb dieser Worte leben.
Verstehen Sie mich? Es ist eine Passion.
Es gibt nichts Verzehrenderes.

– Einsichten nun, die ich Ihnen verdanke.

– Aber ich bin es, der sich bedankt. Sie sind mir
zum Präsent der teuersten Nuancen geworden.

An einem jener Vormittage dann ein Motorrad
vor der Ampel. Eine kleine kräftige Frau
in asphaltfarben lederner Montur. Stiefel, Hosenhaut,
enger gesteppter Nierenschutz, gepolsterte Jacke,
Handschuhe mit breiten Stulpen. Und ein Helm,
ein lichtblauer blanker metallener Helm.

Eine Rüstung wie diese vielleicht. Der freiliegenden
Sinnesversuchungen wegen, der zweifelhaften Regeln
beschleunigten Geschehens, der Schatten, Blendungen,
Ausfälle und Kollisionen. Oder auch nur
diesen Helm, das Visier herabgelassen.

Paris und danach

Im September dann war der Sommer
wie damals noch immer unverbraucht,
die Platanen apfelgrün verzweigte Markisen,
orakelfleckig die Rinden, das Brausen aber
in den Straßen nun heftiger dunkler näher,
das Pflaster unter den Füßen ebene
Flächen Beton, kein einziger Riß mehr
Erinnerung, wo, hinter den Fassaden, *la belle,*
si tu voulais, wann, hinter welchem Fenster,
Nachmittage, wunde verflüsterte Landschaften,
Lächeln, Vergebung. *Adieu, mes amours.*
Mes souliers sont rouges. Adieu, sans retour.

Im September dann quer nach Norden allein,
durch Kirchenschiffe, über andächtig
eingesessene Stühle, in eine graue Flucht
Spiegel im Museum und Wachsfiguren
entlang, die Szenen nachstellen
aus dem eigenen Leben, im Bistro
ans Buffet auf dem Billardtisch, über die
Märkte weiter, Vogelkäfige, Hundezwinger,
Uniformen, Säbel, Peitschen, Pistolen,
unter den Brücken der Eisenbahnen im Wind
rußige Zeitungen gegen die Waden. Drüben das
RESTAURANT DE L'AVENIR an der Ecke. Geschlossen
ist es und das S verkehrt in ein Fragezeichen.

Und dann das Tor in der Abendsonne.
Eisengitter, Heilandsrücken, Kuppeln, Dächer,
nasse Stufen vor dem Pissoir, fette graue
Tauben in den Alleen, Katzenleiber, die herab

über Urnen quillen, Sarkophage und Mausoleen,
über Schutzengel und trauernde Mädchenblüte,
hier also, Freunde, Szymanski, Bloch, Berlioz,
Heine, Stendhal, täglich von den Matratzen aus
noch mit dem Panthéon telefoniert, hier also
dann, ein bißchen freien Himmel zum Ruhm.

Und plötzlich, der Sandsteinkopf, wie er
sich umwendet nach rechts und schaut
auf die Ruhestätte der *Famille Paradis*.

Selberlebensverjährung

Die Podeste der doppelten Wendeltreppe Zeit.
Sich kreuzende Briefe. Augenpaare,
blank, starr, himmelverhangen.
Es ist später.
Über Kopfhörer auf Band
die wiederkehrenden
Klagen der Vierteltelefone.
Was stellen wir nicht an,
um hinlänglich unglücklich zu sein.

Einmal im August der Türklingel nicht gefolgt
und eine Sturzflut von Katastrophen.
Die verpflichteten Freunde, retten
sie nicht? Oder allein?
Ein Rindfleisch kochen bei herabgelassenen
Jalousien. Der Wein. Die Orchestersuiten.
Zwei drei harte Möhren zuletzt
richtungweisend auf dem Tellerrand.

Die alten Verstecke. Der Süden,
die grünen, gelben und grauen Hügel.
Ein Feuerwehrball, unter den Röcken
nackt, im Sog anderer Körper.
Trostproben, zitternd vor Gier.
Und die Arbeit, der seßhafte Stundenplan.
Und das Klettergerüst Philosophie...
kein Sprungtuch in Sicht, nur eine kleine
Schürze da unten, die das Schluchzen auffängt.

Die Einbildungskraft aber. Und der Triumph,
den wir erzwingen, unser sind die Anfänge,

unser die unbedingte, die gedeutete Welt.
Ob wir uns wahr gemacht haben, ist nicht
die Frage. Es gibt keine Beweise.
Auch gehandelt haben wir nie.
Entwürfe natürlich, jederzeit. Allein die anderen
sind es, die sich roh und spurlos zu Ende leben.

Wir müssen nicht älter werden mit uns.
Wie zur Anschauung ist man jünger geworden
in unserer Nähe. Schüler haben sich gesammelt,
Leidenlernende, die den Erfindungen
ergeben sind und uns folgen.

Abonnement

Hier hast du dein Malbuch, ein paar
Pinsel dazu, Tuschfarben, Stifte, Kreiden.

Nun mach schon was aus den Feldern.
Ein hell schimmerndes, glücklich gelungenes
Aquarell vielleicht oder auch nur Rötel,
eben noch gold und weiß gehöht,
schlimmstenfalls aber Feder in Schwarz,
bräunlich grau, düster lavierte Mischung.

Bist du fertig mit einem Heft, kommt umgehend
das nächste ins Haus. Andere Aufmachung wieder,
die Motive jedoch, die Konturen, alle feineren
Linien darin bleiben genau dieselben für dich,
für dich allein zum Verwechseln ähnlich.

Warum, Künstler, zögerst du noch,
allmählich kennst du dein Material.

Geh schon, sieh zu und
wiederhol dich
mal schön.

Ein Leben nach der Literatur

Der Sarg im Sarg aus dem rohen
nachgedunkelten Holz der Regalwände
im Arbeitszimmer. Die erlauchten
Bücher längst im Antiquariat. Allein
ihr Staub noch zu seinem Staub.

Ein Tag, von Kerzen erhellt
und Chrysanthemen. Zögernd
folgt der Redner dem Text.

Dieser Tag im November, an dem ich noch einmal begriff,
daß ich mein Leben verkauft hab in einem
anderen Jahr, einem vergangenen Leben;
als ich begriff, daß es mein
Leben war und kein anderes in diesem November.

Kleines dauerndes Werk und der verlorene
Prozeß in Abwesenheit verhandelt. Ein
paar Reihen Zeugen zugegen, Freunde,
Kollegen, die Augen zu Boden gewandt.
Stummer schwarzer schattenzeichnender Hut.
Nur die Geliebte zuletzt wirft ihr schrill
tränendes Elend an geneigte Schultern rundum.

Dann, da sich alle entfernt haben, weist
der Stock der Witwe ihrer ewigen
Rache den Weg ins gedenkenlose
Urnenfeld.

Hinten im grauen Gras
liegt dort schon
ein Buch mit seinem
Namen:

um dich zu trauern wäre
des Bleibens zuviel?

Das Gesicht der Welt

Für Marwan

Ein Todestuch ist die Leinwand,
ein siebenfach gespannter Schleier.
Sandstürme, Staub von Verwesung,
Lehm und Stroh haben sie grundiert,
ein kleiner heftiger Regen, die Leere
am Morgen und die aufgehende Sonne.
Langmütig verharrt das Leben davor.
Läßt Tag und Nacht vergehen,
läßt aus der Luft Landschaften sinken,
Körper, Haut. Augen, die mit denen
sprechen, die abwesend sind und die
jene verstehen, die nicht sprechen können.
Bewegungen, die sich umspielen und
zueinanderlegen, Moment für Moment,
Schicht um Schicht – bis
wieder September drängt, Himmel und Erde,
tiefblau und aprikosenfarben, aus der ermatteten
Flußebene zwischen Trauerweiden und Schilf
aufbrechen in die Stadt, um über den Dächern
am Abend alle verbleibende Süße zu atmen.
Glyzinien, Gardenien, Jasmin, in den Höfen
Zitronen, Orangen, Honigfeigen und Oliven,
Straßen im Duft von Holz und Harz. Und da,
hinter erleuchteten Fenstern, glühen die Leiber
der Frauen karminrot unter der Granatapfellast.
Ein Drachen zieht jetzt zitternd hoch
in die Dunkelheit. Warum denn wartet
das Begehren, bis die willigste Hingabe
fern ist und Erinnerung? Erkaltet geht
der Herbst, eingefallen, fahl und verkümmert
nach dem Fest. Ein spurenloses Gesicht.

In der Dämmerung erst, im aufkommenden
Wind, wenn die Füchse bellen, im schimmernden
Tau über den Hügeln kehren Linien, Farben
und Kraft zurück. Hier auf einmal
aus dem Nichts stürzt höchste Anwesenheit.
Was ist es, das verborgen war und nun
offenbar? Alles ändert sich und bleibt doch.
Das Auge, das sich verschließt und öffnet,
der Erdball, spiegelnd und transparent.
Das Auge.

Inhalt

I

Anfang, Abbild, Retrospektive 9
Besseres Märchen 12
Ruin 13
Kleine Erinnerung an den Fortschritt 16
Umzug auf Erden 17
Weise Methode 19

II

Wie das Getrennte wieder 23
Der letzte Krieg 26
Kurze Versuchsanordnung 28
Anfang und Ende 29
Dieser eine Russe 31
Indizienbeweis vorort 34

III

Grabfigur eines mit Lorbeer bekränzten Mannes 39

IV

Vorführung des Gefangenen 45
Bonjour Monsieur Soutine 46
Temperatur 49
Stilleben mit blindem Mann 50
Little Black Jack 52
Tausendundneunhundertneunzig 54
Straight Flush 56

V

Das Leben ein Exil 59
Blendend ersetzt 63
Von der Ableitung eingelebter Empfindsamkeiten 65
Paris und danach 69
Selberlebensverjährung 71
Abonnement 73
Ein Leben nach der Literatur 74
Das Gesicht der Welt 76